Adapté du japonais par Florence Seyvos
© 2010, l'école des loisirs, Paris
© 1979, Kazuo Iwamura
Titre de l'édition originale : « Ringo ga Hitotsu »,
(Ginasha Co., Ltd, Japon 1979)
Agence littéraire : Japan Foreign-Rights Centre
Loi numéro 49 956 du 16 juillet 1949 sur les publications
destinées à la jeunesse : mars 2010
Dépôt légal : novembre 2020
Imprimé en France par Clerc à Saint-Amand-Montrond
ISBN 978-2-211-20102-5

Kazuo Iwamura

La pomme rouge

l'école des loisirs

11, rue de Sèvres, Paris 6e

Natchan aime monter tout en haut de la colline.

Elle a apporté une belle pomme rouge.
Quel plaisir de manger cette belle pomme rouge
en haut de la colline.

Oh non! La pomme de Natchan se met à rouler, rouler…

Attends-moi, pomme rouge, attends-moi !

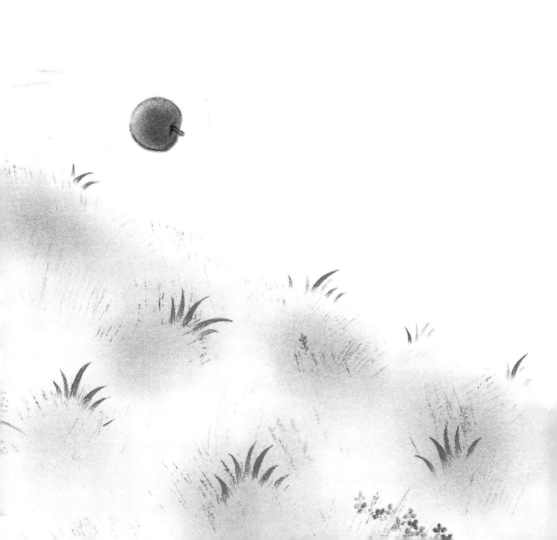

Lapin, s'il te plaît, arrête ma pomme rouge !

Attends-nous, pomme rouge, attends-nous !

Écureuil, s'il te plaît, arrête cette pomme rouge !

Attends-nous, pomme rouge, attends-nous !

Mais la pomme roule, roule…

Et l'écureuil roule, roule…

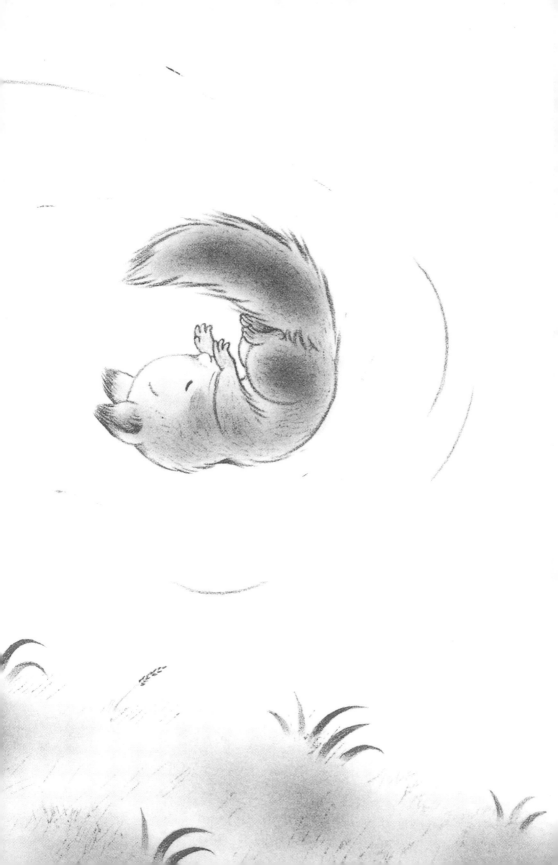

Et le lapin roule, roule…

Et Natchan roule, roule…

Natchan roule, le lapin roule, l'écureuil roule,
et la pomme roule, roule vers le bas de la colline !

Oh ! la pomme est arrêtée par le dos d'un ours.

Et l'écureuil et le lapin et Natchan aussi !

Ouf !   Ouf !   Ouf !

Ouf !

Ooooh, cette pomme rouge, comme elle est belle…

Mmmmh, comme elle sent bon !

Comme elle a l'air bonne !
Je veux la manger.
Moi aussi.
Moi aussi.

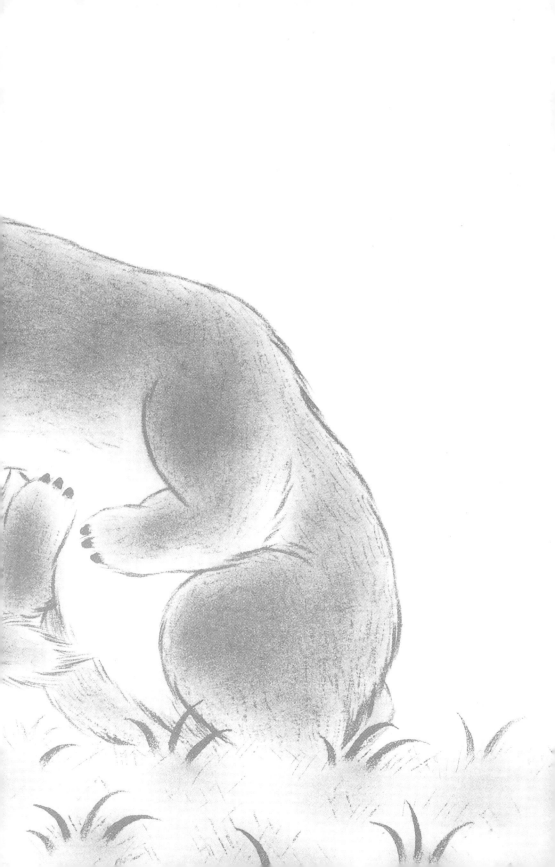

Si nous allions tous la manger en haut de la colline ?

Natchan mord dans la pomme.
Miam, c'est délicieux.

Le lapin croque dans la pomme.
Cric croc, c'est délicieux.

L'écureuil grignote la pomme.
Scrounch, scrounch, c'est délicieux.

L'ours prend une grosse bouchée de pomme.
Graounch! Oh, que c'est délicieux!

Regardez, il nous reste les pépins.

Nous allons les planter ici.

Et un jour, en haut de la colline, nous verrons
un pommier avec de belles pommes rouges.

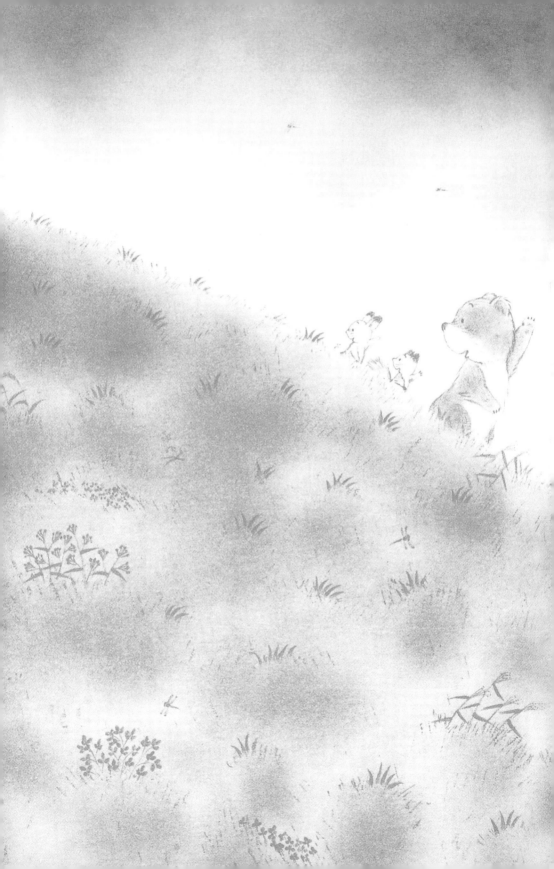